煙《けむり》のように消《き》えるねこ

リンダ・ニューベリー 作　田中薫子 訳　丹地陽子 絵

ケイトとジョナサン、
アレクサンダーへ

【SMOKE CAT】
by Linda Newbery
This edition first published in the UK in 2009 by Usborne Publishing Ltd.,
Usborne House, 83-85 Saffron Hill, London EC1N 8RT, England.

Japanese translation rights arranged with Usborne Publishing Limited, London,
through Tuttle-Mori Agency, Inc., Tokyo.

もくじ

1　新しい、古い家

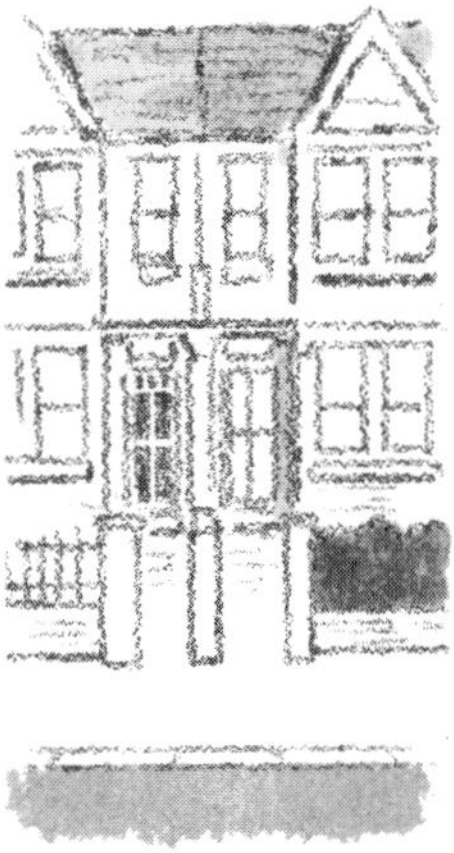

パークサイドテラスの十六番地にある、赤いレンガづくりの古い家。その家を見て、サイモンのお母さんとお父さんは、ここに住《す》む！　ときめました。
お父さんはいいました。
「古い家に住《す》みたいと、ずっと思っていたんだ。長いあいだ、人が暮《く》らした家にね。はきなれたくつみたいなもんだな。しっくりくるし、キュッキュッときしむ音がするのも、楽しいからね」
古い家って、そんなにいいかなあ？　と、サイモンは思いました。その前に見た新しい家はどれも、窓《まど》が大きかったし、壁《かべ》には明るい色のペンキがきれいにぬってありました。ぼくは、ああいう家に、住《す》みたいのに……。

だけど、お母さんもいいました。

「新しいと、味《あじ》わいがないのよね」

お母さんとお父さんは、家の好《この》みがいっしょのようです。意見《いけん》が合うのはいいことです。しかもこの家は、今住《す》んでいるアパートのすぐ近くにあるので、サイモンは転校《てんこう》しなくてすみます。

「ここを、わが家にしよう」と、お父さん。

そんなわけで、サイモンの一家は、百年以上《いじょう》前に建《た》てられた、ひょろりと高い家に引《ひ》っ越《こ》しました。両側《りょうがわ》にそっくりな家がくっついてならんでいるので、気をつけの姿勢《しせい》をしている兵隊《へいたい》の列《れつ》みたいに見えます。どの部屋《へや》も天井《てんじょう》が高く、幅《はば》はせまいけれど奥行《おくゆ》きがあります。家の裏《うら》にある庭《にわ》も、幅《はば》はせまいけれど奥行《おくゆ》

きがありました。

サイモンの部屋《へや》は二階《かい》で、窓《まど》からは、裏《うら》の庭《にわ》が見えました。天井《てんじょう》が高いことも、昔《むかし》ながらのだんろがあることも、サイモンは気に入りました。でも、知らない人たちがここに住《す》んでいたことがある、というのはどうでしょう？

長いあいだ、いろんな人がこの部屋《へや》で寝起《ねお》きしていた、と考えると、心がざわざわします。いったいどんな人たちだったんだろう、とサイモンは考えました。ここにはもしかしたら、その人たちのいろいろな思い出や夢《ゆめ》が、のこっているのかもしれません。

お母さんとお父さんがこの家にきめたいちばんの理由《りゆう》は、だんろがあることでした。だんろは、ぜんぶで三つありました。一階《かい》の居間《いま》にひとつ、サイモンの部屋《へや》にひとつ、そしてお母さんとお父さんの寝室《しんしつ》にも、ひとつ。お母さんは、本物《ほんもの》のだんろがある家に、ずっとあこがれていたのです。

お母さんは居間《いま》を見まわして、いいました。

「冬になったら、だんろで火をおこしましょうよ。寒《さむ》い日には最高《さいこう》じゃない？」

サイモンも、最高《さいこう》だと思いました。お父さんが、だんろで焼《や》きぐりが作れるといったので、なおさらです。でも、冬はまだずっと先でした。

今は、初夏《しょか》。この時期《じき》にこの家で最高《さいこう》なものといえば、庭《にわ》です。真新《まあたら》しい家でよく見た、柵《さく》にかこまれただけのなにもない庭《にわ》や、前のアパートの裏《うら》にあった、住人《じゅうにん》のみんなで使《つか》う緑地《りょくち》とは、わけがちがいます。

この家の庭《にわ》は、となりの家とのあいだが、高い板塀《いたべい》でしきられていました。草や木がうっそうとしげっていて、まるでジャングルです。草や木の一本一本が、大きく、高く、枝《えだ》をのばし、葉《は》を広げています。植《う》えこみの植物《しょくぶつ》は、のびすぎて草地にかぶさり、ツタとハニーサックルのつるは、塀伝《へいづた》いに、上へとのびています。サイモンが名前を知らない花もたくさんあり、ひとつひとつが、太陽《たいよう》にむかって咲《さ》いていました。

まさに、探検《たんけん》にもってこいの庭《にわ》です。

しめった土のにおいがする暗《くら》がりに、もぐりこんでみると……いる、いる！カタツムリにナメクジ、クモ、ミミズ、テントウムシ、イモムシ。羽毛が少し散《ち》らばったところには、小さな骨《ほね》が何本か落《お》ちていました。アザミやイラクサ、キイチゴなど、とげのある草花も生えています。くきが太くて、見るからにみずみずしい草もあります。

ところがお母さんは、「庭《にわ》をどうにかしなくちゃね」なんていうのです。

どうにかするって、どういう意味《いみ》？　今のままの庭《にわ》がいいのに、とサイモンは思いました。庭《にわ》の生きものはみんな、ちゃんと生きています。草や木はのびのび育《そだ》っています。虫は卵《たまご》からかえって、はいまわったり、飛《と》んだり、食べたりしています。

サイモンがとりわけ気に入ったのは、リンゴの木でした。今は花が咲《さ》きおわって、もう、小さな実《み》がついています。つかまったり、足をかけたりするのにちょうどいい高さに、枝《えだ》がのびているおかげで、自分の背丈《せたけ》の倍《ばい》より高いところまで、楽にのぼっていけました。幹《みき》が二またに分かれているところにたどりつくと、サイモンは腰《こし》をおろしました。そこからは、となりの家の庭《にわ》が見えました。

2　となりのおばあさん

となりの家の庭《にわ》も、同じように細長い形をしています。でも、ジャングルのようではありませんでした。芝生《しばふ》がきれいに生えていて、花やしげみは塀《へい》ぞいにずらりとならんでいます。中央《ちゅうおう》には、まるで芝生《しばふ》の海にうかぶ島《しま》のように、大きな花壇《かだん》があります。だれかがよく手入れをしているのでしょう。

サイモンは、おばあさんがひとり、植《う》えこみにそって、とてもゆっくりと歩いているのに気づきました。なにかぶつぶついっています。ひとりごとをいっているのでしょうか。サイモンは、木の枝《えだ》にしっかりつかまって身《み》を乗《の》りだし、耳を

すましました。

「さて、今日の調子《ちょうし》はどう、ウィリアム？」おばあさんは、もも色のつぼみをつけたバラのしげみの前で立ちどまって、いいました。「つやつやとかがやいているねえ！　お日さまの光はいつだって、あなたをひきたてていたものね」

いったいだれに話しかけているんだろう？　サイモンは目をこらしましたが、おばあさんのほかにはだれも見えません。でも、おばあさんが少し進《すす》んで、またしゃべりはじめたので、わかりました。なあんだ、草や花に話しかけてるんだ！

おばあさんは、ひょろひょろとのびた草に、声をかけました。

「ねえ、シャーロット、もっとしっかりしてちょうだい。さもないと、となりのレンギョウに、場所《ばしょ》をすっかりとられてしまうわよ……。グローリアは、元気にすくすく育《そだ》っていて、うれしいこと。今年は、みごとな花を咲《さ》かせられそうね。フレデリックはじゅうぶんがんばったから、次《つぎ》の春までよく休むのよ、いい？

あとブルーは……ええと、どこかしら?」

おばあさんはもう、サイモンにかなり近いところまで来ていました。長めの茶色いカーディガンをはおり、ツイードのスカートをはいています。しらがの頭は、ピンク色のはだがすけて見えるくらい、毛がうすくなっています。おばあさんは、ひとつひとつの植物《しょくぶつ》に話しかけながら、葉《は》っぱや花びらにさわっていました。しわしわの指《ゆび》は小枝《こえだ》のように細く、左手にはめている指輪《ゆびわ》が、だいぶゆるそうに見えます。

植物《しょくぶつ》に話しかける人がいるということは、サイモンも知っていました。お母さんもときどき、キッチンの窓辺《まどべ》で育《そだ》てているパセリに、「早く

大きくなってね」と声をかけています。

でも、このおばあさんは、草花に名前までつけているようです。それも、人につけるような名前を……。もしかして、庭《にわ》の草や花のほとんどに名前がついてるのかな、とサイモンが考えていると、おばあさんがこちらをむきました。おばあさんは、中央《ちゅうおう》の花壇《かだん》で高くのびた白いデイジーの花にふれようとしましたが、サイモンと目が合うなり、手を止めて、サイモンをまじまじと見つめました。

サイモンは思わず、つかまっている枝《えだ》から手をはなしてしまいました。体がずるずるとうしろむきにすべっていき、ドサッ！　と地面《じめん》に落《お》ちました。

「イテテ！」右の足首をひねってしまったようです。

それに木の幹《みき》にこすれて、両手《りょうて》と片方《かたほう》のひざをすりむいていました。落《お》ちたときに片《かた》ほうのひじも、強くぶつけていました。サイモンは足首をそっと曲《ま》げのばししながら、しばらくじっとしていました。今に、塀《へい》ごしにおばあさんが顔を出

して、こっそりのぞいていたね、といって、おこるにきまっています。

だけどサイモンは、自分の家の庭《にわ》で、木にのぼっていただけです。よその家をのぞこうと思っていたわけではありません。

ところが、となりはしんとしたままでした。サイモンは、足をひきずりながら家の中に入り、お母さんにいいました。

「となりの家の人、なんかいやだな。ぶつぶつ、ひとりごとをいってるんだもん」

お母さんは、おどろいた顔をしました。

「ヘーゼルさんのこと？　へえ……でも、とってもいい人よ。ひとりごとくらい、だれだっていうでしょ」

でも、あのおばあさんは苦手《にがて》だなあ、とサイモンは思いました。

ヘーゼルさん、と気安《きやす》く名前でよぶよりも、名字に「さん」をつけてよばないといけない気がします。

なんだか、きびしそうな人に見えましたから。

3　となりのヘーゼルさん

裏庭《うらにわ》のむこうには、小道がありました。サイモンは学校から帰るとき、この道から庭《にわ》を通って家に入りました。

木曜の午後も、裏口《うらぐち》から家に入ると、居間《いま》から話し声が聞こえました。お母さんが、だれかとしゃべっているようです。おやつを分けてもらえるかも、と期待《きたい》しながら奥《おく》へ行ってみると、知らない女のお客《きゃく》さんがいました。お母さんより年上のようだけれど、すごく年上というほどではありません。髪《かみ》はくるくるとカールしていて、耳には真《ま》っ赤《か》なイヤリングをつけています。香水《こうすい》をつけているのか、なんだかいいにおいもします。

女の人は紅茶《こうちゃ》の入ったマグカップを持《も》ったまま、サイモンににっこりとわらいかけました。まるでサイモンのことを、ずっと前から知っていたようです。

「こんにちは、サイモン！　わたしはヘーゼル。となりの家に住《す》んでるの」

そうか！　お母さんがいっていたヘーゼルさんていうのは、この人のことだったんだ。となりに住《す》むべつの女の人と、かんちがいしてた。あのおばあさんは「ヘーゼルさん」なんて、名前でよんだら、失礼《しつれい》な感《かん》じだったもの。

この女の人が、花に話しかけながら庭《にわ》をうろうろするとは思えません。すごく元気そうで、今にもぱっと立ちあがって、「さあ、公園へ散歩《さんぽ》に行きましょう！」とか、「クリケット（英国などで人気の球技。一試合が何日もかかることがある）をやらない？」とかいいだしても、おかしくありません。だけど、庭《にわ》で見かけたおばあさんは、よたよたとした足どりで、元気がなさそうでした。

「こんにちは」サイモンは行儀《ぎょうぎ》よくあいさつしましたが、目は、テーブルの上のチョコレートケーキに、くぎづけになっていました。けずったチョコレートがたっぷりかかったこのケーキが大好《だいす》きなのです。

お母さんが、サイモンにもひと切れくれました。

サイモンは、ヘーゼルさんにきいてみました。

「だれかといっしょに住《す》んでるんですか？」

「ええ、夫《おっと》のビルと。もう、見かけた？　がっしりした大男だから、目につくはずよ。ラグビーでもやってそうな感《かん》じで」

それを聞いて、サイモンは考えなおしました。ヘーゼルさんは、おばあさんの家とは反対側《はんたいがわ》の、となりに

住《す》んでる人なのかも。なにしろ、おとなりさんは、左にも右にもいます。ぼくがどっちのとなりか、いわなかったのがいけないいんだ。

ヘーゼルさんはケーキをもうひと切れ食べて、帰っていきました。ところが、居間《いま》の窓《まど》から表を見ていたら、右どなりの家へとむかったのです。あのおばあさんを見たほうの家でした。

サイモンは、お母さんにいいました。

「今の人は、ひとりごとをいってた人とはちがうよ。同じ家の人みたいだけど」

お母さんは、どうでもよさそうに、肩《かた》をすくめていいました。

「ヘーゼルさんのお客《きゃく》さんだったんじゃない？」

サイモンには、あのおばあさんがただのお客《きゃく》として、となりに来ていたとは思えませんでした。庭《にわ》じゅうの草花のことがわかっているようでしたから、長いこと暮《く》らしてきたにきまっています。

でもその日はもう、おばあさんのことを考えるのをやめました。新しいゲームソフトで遊《あそ》ぶつもりだったし、絵をかく宿題《しゅくだい》もあったからです。

それきりサイモンは、おばあさんのことをわすれていました。ところが何日かたったある晩《ばん》、夜中にふと、目をさましました。外の庭《にわ》から、だれかの声が聞こえます。

あのおばあさんの声です。

何といっているかは聞きとれませんが、何度《なんど》もだれかをよんでいるようです。

サイモンは、またねようとしました。でも、ねようとがんばればがんばるほど、どんどん目がさえてきます。とうとう、ベッドから起《お》きあがって、カーテンをあけました。

真夜中《まよなか》だと思っていましたが、空はもう、ほんのり明るくなっていて、庭《にわ》の木や塀《へい》の形が、ぼんやりと見えます。

となりの家の庭《にわ》には、あのおばあさんがいました。花壇《かだん》のそばで腕《うで》を広げて、しゃべっています。今度《こんど》は、言葉《ことば》が聞きとれます。

「シャーロット、いい子ね。ああ、グローリアも。よしよし。シャーロットも、もうおやすみ。ウィリアム！　おまえの場所《ばしょ》はここよ。ブルー！　ねえ、ブルーったら、どうして来ないの？」

名前に聞きおぼえがあったので、また花や草にむかって話してるんだ、とサイモンにはわかりました。こんな朝早くに庭《にわ》に出ていることもへんだけれど、草に声をかけているのは、もっとへんです。そのうえ、おばあさんがもしほんとうに、となりで暮《く》らしていないのだとしたら、もっともっとへんです。

おばあさんは、しきりに腰《こし》をかがめては、なにかにさわっていました。日の出前の暗《くら》さになれてくると、おばあさんの足もとで動《うご》きまわっているものの形が見えてきました。

おばあさんの脚《あし》に、毛におおわれたしなやかな体をこすりつけているようすから、ねこのようです。暗《くら》くてぼんやりとしか見えませんが、何びきもいて、それぞれ色や柄《がら》がちがうのがわかりました。

黒ねこに白ねこ、しましまねこにぶちねこ。明るい茶色のねこもいます。

おばあさんは、一ぴき一ぴきに手をのばしてなでてやりながら、やさしく話しかけています。

そのうちに、おばあさんのまわりは、ねこだらけになりました。ねこたちはゴロゴロのどを鳴らしながら、入れかわり立ちかわり、おたがいのあいだをぬうように動《うご》きまわっては、おばあさんにすりよっています。おしりを高くして、なでてもらうのを待《ま》っているのもいます。

おばあさんは、ねこたちをなでる合間に背《せ》をのばしては、あたりを見まわし、

「ブルー！　ブルー、いらっしゃいな！」とよんでいました。

ふいに、ぼんやり見えていたねこたちが、すがたを消《け》しました。地面《じめん》にすいこまれたり、花壇《かだん》やしげみの中へ消《き》えたりしたように見えました。

ひとりになったおばあさんは、サイモンの家の庭《にわ》とのあいだの塀《へい》を見あげ、両手《りょうて》をのばしていいました。

「ブルー！　ブルー！　いらっしゃいったら、ねえ！」

サイモンは、おばあさんが見ているほうに目をやってみました。塀《へい》の上を大きなねこが歩いているのが、うっすらとかげのように見えました。青みがかった、ねずみ色のねこです。体の毛はふわふわした感《かん》じで、しっぽもふさふさしています。

「ブルー！」おばあさんは、必死《ひっし》によんでいます。

でも、ねこはそのまま歩いていって、庭《にわ》の奥《おく》のヒイラギのしげみの中へ消《き》えてしまいました。おばあさんはきびすをかえして家にむかったので、サイモンから

はもう、見えなくなりました。サイモンは、またねむりにつきました。

しばらくたって朝起《お》きたときには、ぜんぶ夢《ゆめ》だったような気がしました。

ところが、次《つぎ》の晩《ばん》にも、ふわふわの毛のねこは、またあらわれたのです。

夜中に起《お》きて、トイレに行ったサイモンは、ベッドにもどるとき、ふと気になって窓《まど》の外を見てみました。

まぶしいほどの月明かりが、草やしげみをてらしていました。おばあさんのすがたは見あたりません。ねこたちをよぶ声もしません。でも塀《へい》の上には、あのふわふわの毛のねこがいました。ほっそりとした脚《あし》でバランスを取《と》りながら、家のほうへゆっくり歩いてきます。そして立ちどまり、となりの家の庭《にわ》を見おろしてから、塀《へい》の支柱《しちゅう》に体をこすりつけると、くるりとむきを変《か》え、今度《こんど》は遠ざかっていきました。何度《なんど》も足を止めてはとなりの家をふりかえるようすは、なんだか、がっかりしているように見えました。

サイモンは思わず窓《まど》をあけ、さけんでいました。

「ブルー！　もどっておいで！」

ブルーは立ちどまり、ふりかえってサイモンを見あげました。ふさふさのしっぽを、ゆっくりとゆらしています。それから塀《へい》の上をまた歩きだし、ヒイラギの木のしげみに近づいた……と思ったら、まるで煙《けむり》のように、すうっとすがたを消《け》しました。

サイモンは、ねこが消《き》えてしまったあたりを見つめました。なぜか、さみしくてたまらなくなりました。

ブルーがそこにいたというしるしは、もう、どこにものこっていません。

4　見えるのに見えないねこ

次《つぎ》の朝、お母さんがいいました。

「今日、お母さんは歯医者《はいしゃ》の予約《よやく》があるから、サイモンが学校から帰る時間に家にいないの。だから、ヘーゼルさんの家で待《ま》っていてくれる？　おねがいしたら、どうぞ、って。おやつも用意《ようい》してくださるそうよ」

天気がよくて、昼には暑《あつ》くなりました。サイモンが着《つ》いたとき、ヘーゼルさんは裏庭《うらにわ》で草むしりをしていました。ヘーゼルさんは手を休め、キッチンからジュースとドーナツを持《も》ってくると、サイモンをつれて庭《にわ》に出ました。

庭《にわ》にあったバケツには、ヘーゼルさんがぬいた草がどっさり入っていましたが、あたりはまだ雑草《ざっそう》だらけでした。もっときれいな庭《にわ》に見えたんだけどな、と思いながら見まわすと、名前がついていることを知っている草や花が、あっちにもこっちにもありました。

あの草が、シャーロット。こっちがフレデリックと、グローリア。ウィリアムはあそこだ……。だけど、ぼくが名前をいったら、へんに思われるよね。ヘーゼルさんは、花に名前がついていること、知ってるのかな？

サイモンは、きいてみました。

「ぜんぶヘーゼルさんが植《う》えたんですか？」

「まさか！」ヘーゼルさんは、ウィリアムの枝《えだ》から、咲《さ》きおわった花をひとつ、つみとっていいました。「こういう庭《にわ》にするには、長い年月がかかるのよ。わたしはときどき、ととのえてるだけ。ほとんどは、わたしのお母さんが植《う》えたの」

だったらどうして、このあいだぼくがきいたときに、お母さんもいっしょに住《す》んでるって、教えてくれなかったのかな？

ヘーゼルさんのお母さんは、二階《かい》で休んでいるのでしょうか。

「今、どこにいるんですか？」と、サイモンはきいてみました。

ヘーゼルさんは、えっ、という顔をしました。

「わたしのお母さんが、ってこと？　ああ……もういないの。前はここでいっしょに暮《く》らしてたんだけど、二年前に死《し》んじゃって」

サイモンは思わず、「死《し》んでないよ。だって、見たもん」といいそうになってやめました。だって、自分のお母さんがまだ生きているなら、ヘーゼルさんが知らないはずはありませんから。サイモンはなにもいえなくなって、家のほうを見ました。

中から、あのおばあさんが、ひょっこりあらわれたりしないかな……。

でも、だれも出てきません。サイモンはききました。

「ヘーゼルさんのお母さんって、ねこが好《す》きです……でしたか？」

ヘーゼルさんは、ひどくおどろいて、目をまるくしました。「そう！　大のねこ好《ず》き。どうしてわかったの？」

「うーん……なんとなく」サイモンはだんだん、きみがわるくなってきました。

ヘーゼルさんは、ひょろひょろのびたシャーロットに目をやって、いいました。

「長いあいだ、ねこをたくさん飼《か》っていたのよ。一度《いちど》に四、五ひきずつくらい。

だいたいみんな、長生きしてたけれど、もちろん、いつかは死《し》んでしまうでしょ。

そのたびにお母さんはガーデンセンターに出かけて、新しい花の苗《なえ》を買ってきて、庭《にわ》に植《う》えたの。そのねこの思い出に、っていって。だから、この庭《にわ》の草花のほとんどは、なんていうか、どれかのねことつながってるのよね」

ヘーゼルさんは、おかしな話でしょ、というように、ふふっとわらって、つづけました。「しかもお母さんは、それぞれの花を、そのねこの名前でよんでいたの。たしか、グローリアに……フレデリックも、いたっけ……もう、半分も覚《おぼ》えてないなあ」

サイモンは考えました。もし、「あと、シャーロットと、ウィリアムもいましたよ」と教えてあげたら、ヘーゼルさんはなんていうかな？　でも、口には出しませんでした。ブルーのことが気になりはじめたからです。

ブルーがほかのねこたちとちがって、庭《にわ》に入らないのは、なぜだろう？　ブルーは、どうしたいんだろう？

ヘーゼルさんは話をつづけました。「お母さんが死《し》ぬまぎわまで飼《か》ってた最後《さいご》のねこも、かわいかったな。毛が長くてふわふわで、色はねずみ色、ブルーグレーっていうのかしら。お母さんは、ブルーってよんでた」

「知ってる。見たから」今度《こんど》は、考えるより先に、言葉《ことば》が勝手《かって》にサイモンの口からとびだしていました。

ヘーゼルさんは、サイモンをじっと見ました。

「ううん、そんなはずない。ブルーは、お母さんがなくなった数週間後に、死《し》んだんだもの。まだそんな年でもなかったのにね。ねこがさみしくて死《し》ぬことがあるかどうかは知らないけど、ブルーはお母さんのことが、好《す》きで好《す》きでたまらなかったんじゃないかしら」ヘーゼルさんは、眉間《みけん》にしわをよせて考えこみました。

「ブルーににた、べつのねこが、このへんにいるのかもしれない。でもあの子は、そんじょそこらにはいない、めずらしいねこだったの」

ちがう、あのねこは、ぜったいブルーだ！

サイモンは心の中でさけびました。すると、まるでよばれたみたいに、ねずみ色のふわふわの毛のねこが、塀《へい》の上にかかっているヒイラギのしげみの暗《くら》がりからあらわれました。ねこは、ふわふわとただようように、塀《へい》の上を歩きはじめました。

「あそこにいる！」サイモンは思わず、さけびました。

ヘーゼルさんはくるっとふりかえり、ブルーがいるほうを見つめました。ブルーは、片方《かたほう》の前足を持《も》ちあげたところで止まり、こちらを見ました。

ヘーゼルさんはサイモンのほうをむきました。こまったように、うすわらいをうかべています。

「なにもいないでしょ。わたしをからかってるのね」

「からかってない。ほら、あそこ！」

ブルーはまた、つなわたりみたいにバランスを取《と》りながら、塀《へい》の上を歩きだしました。それから止まって、庭《にわ》にとびおりようとしかけて、気が変《か》わったようです。ニャーと鳴こうとするように口をあけたあと、くるりとむきを変《か》えて、ひきかえしていきました。

　きのうの晩《ばん》と同じように、ブルーはがっかりしたんだ、とサイモンは感《かん》じました。ふさふさのしっぽを大きくふって、ブルーは塀《へい》の上をそろそろと進《すす》み、ヒイラギの葉《は》がしげる暗《くら》がりへとすがたを消《け》しました。ふわふわの体がぼやけて見えなくなると、それまでずっと見ていたはずのサイモンも、ブルーがほんとうにいたのかどうか、自信《じしん》が持《も》てなくなりました。

ヘーゼルさんは、いつのまにか、また草むしりをはじめていました。もう、サイモンのじょうだんにはつきあいきれない、と思ったのでしょう。

ちょうどそのとき、サイモンのお母さんが歯医者《はいしゃ》からもどってきました。麻酔《ますい》の注射《ちゅうしゃ》のせいで、くちびるがまがっています。

「いらっふぁい、ふぁいモン」お母さんは、腹話術《ふくわじゅつ》の人みたいに、口をとじたまま、いいました。「帰りまひょう。へーヘルひゃん、あずかってくえて、あいがとう」

家に帰ると、サイモンは、自分の部屋《へや》にかけあがりました。窓《まど》の外をながめながら、ヘーゼルさんから聞いたことについて、考え

ました。どうやら、ヘーゼルさんには、塀《へい》の上にいたふわふわの毛のねこが、見えなかったようです。たぶん、あのおばあさんのすがたを見たことも、声を聞いたこともないのでしょう。

ねことおばあさんが見えるのは、たぶん、ぼくだけなんだ。だから、ぼくがなぞをとかなくちゃいけない……なんとなく、そんな気がする。

ブルーはなにかを求《もと》めてる。

それを見つけられるのは、

ぼくだけなんだ。

5　ぴったりのおくりもの

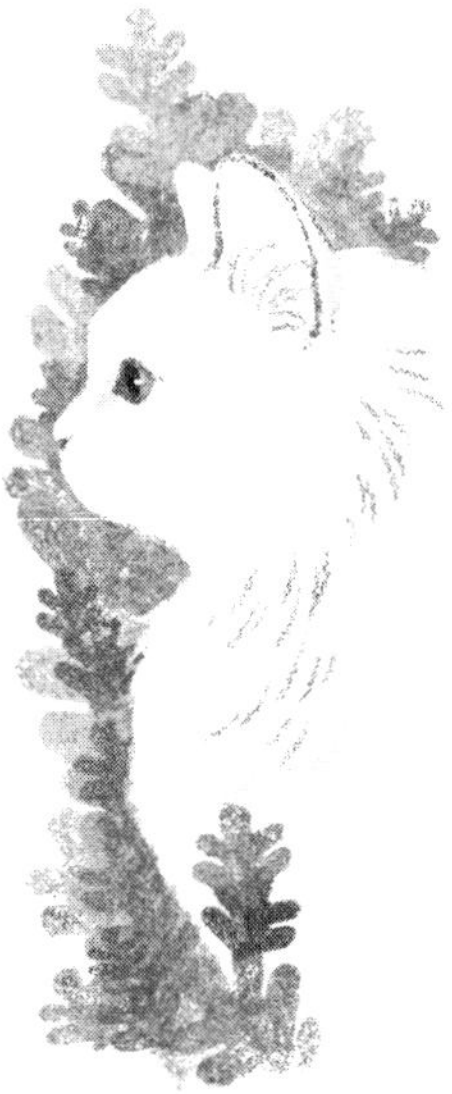

それからもサイモンは、おばあさんとブルーのすがたを何度《なんど》も見ました。きまった時間や、きっかけのようなものは、ありません。あるときは、真夜中《まよなか》に、おばあさんがねこをよぶ声が聞こえました。またあるときは、真っ昼間《まぴるま》、庭《にわ》にすがたを見せました。ぜったい人目につくはずなのですが、サイモンにしか見えないようです。べつのときに、サイモンがリンゴの木の上から見ていたら、へーゼルさんの夫《おっと》のビルさんが、気づかずにおばあさんとすれちがった、なんてこともありました。

おばあさんはたったひとりで、草や花に話しかけていることもあれば、うれしそうにのどを鳴らすおおぜいのねこたちに、かこまれていることもあります。ただ、いつもきまって、おばあさんはブルーをよび、ブルーはすがたをあらわしても塀《へい》からはおりず、がっかりしたように、去《さ》っていくのでした。

サイモンは毎日、おばあさんとブルーのことばかり考えていました。もう、ほんとうに自分の目で見ているのか、それとも夢《ゆめ》を見ているのかも、わかりません。でも、これだけはたしかです――どうにかして、ブルーを助《たす》けてあげたい。そして、それができるのは、サイモンだけなのです。

ある日の午後、なんとかしなきゃとあせるあまり、サイモンは自分の家の庭《にわ》に出て、塀《へい》の上のブルーを追《お》いかけました。そんなことをしても、むだなのに……。

「ブルー！　ブルー！　待《ま》って！」サイモンはさけびながら、草やしげみをかきわけて走っていきましたが、ブルーは、年じゅう緑《みどり》の葉《は》をつけているヒイラギの木の中へ、煙《けむり》のように消《き》えてしまいました。サイモンは走りだしたときから、ブルーが待《ま》ってくれるはずがないことに気づいていました。それに、もしブルーをつかまえられたとして、いったいどうするというのでしょう？　ねこのゆうれいをかごに入れておくことなんて、できませんし、消《き》えないようにするのだって、むりです。

塀《へい》の近くまで追《お》いかけたせいで、サイモンは、庭《にわ》でいちばんうっそうとしたとげだらけのしげみにつっこんで、ころんでしまいました。Ｔ《ティー》シャツはやぶけ、顔にはひっかき傷《きず》ができました。手やひざも、すり傷《きず》だらけでチクチクします。

ブルーは、どこにも見えなくなっていました。

家に入ると、お母さんが目をまるくして、あきれたようにいいました。

「いったいなにをやっていたの？　イバラのしげみの中で、ねころんだ？」

ねこを追《お》っかけて、ころんだんだけどね……。

でも、うまく説明《せつめい》できそうにありません。どう話したって、信《しん》じてもらえないでしょう。

サイモンは、「庭《にわ》で遊《あそ》んでただけだよ」といいました。

「それなら、着古《きふる》したものに着《き》がえてからにしてほしかったわ。そのT《ティー》シャツ、かっこよかったのに」お母さんはふきげんそうにいうと、バッグに財布《さいふ》とかぎを入れて、つづけました。

「これから、ヘーゼルさんへのプレゼントを買いに行くんだけど、いっしょに来て、選《えら》ぶのを手伝《てつだ》ってくれない？　明日の日曜がお誕生日《たんじょうび》なんですって。うちもみんな、お祝《いわ》い会に招《まね》かれているの」

サイモンは、あちこちのお店についてまわるのはいやだな、と思ったので、ききいてみました。

「どこで買うの？」

「ガーデンセンターはどうかな、と思って。ヘーゼルさんは庭仕事《にわしごと》が好《す》きみたいでしょう？　いつも庭《にわ》に出て、ほったり、植《う》えたりしてるじゃない」

ガーデンセンターは、サイモンにとって、たいしておもしろいところではありません。でもサイモンは、なぜか、いっしょに行くと返事《へんじ》をしました。

ガーデンセンターはとても大きくて、店の中には、ガーデンチェアや園芸用具《えんげいようぐ》がたくさんありました。外には、いろいろな鉢植《はちう》えや苗《なえ》が何列《なんれつ》も、ずっと先までずらりとならんでいて、「つる植物《しょくぶつ》」「多年草」など、種類《しゅるい》ごとに札《ふだ》がかかっています。

お母さんは、ゼラニウムやペチュニアの花が咲《さ》きみだれるハンギングバスケットを見はじめました。サイモンは、もっと大きな鉢植《はちう》えがならんでいるほうに目をひかれました。ひとつひとつに、植物《しょくぶつ》の名前が書かれた札《ふだ》がついています。

あれは、シャーロットだ。あっちのバラは、ちょっとウィリアムににてるなあ……サイモンは、いつのまにか、そんなことを考えていました。

そのとき、はっと気がつきました。

ブルーは、ほかのねこたちとちがって、自分の花を植《う》えてもらってないんだ。おばあさんは、先に死《し》んじゃったから、ブルーのための花を買えなかったんだもの。ほかのねこたちは、自分のための花があるおかげで、庭《にわ》にもどってこられる。でもブルーにはないから、庭《にわ》に入れなくて、いつもがっかりしてるのかも……。

だったら、今がチャンスだ！　お母さんに、ブルーのための花を買ってもらおう。

サイモンは、ブルーにぴったりの植物《しょくぶつ》はないかと、ならんでいる鉢植《はちう》えを見ていきました。黄色い花をつけた低木《ていぼく》の苗《なえ》に、ピンク色の花を咲《さ》かせたつる植物《しょくぶつ》、真《ま》っ赤《か》な花の多年草……花がひとつもついていない苗《なえ》もあります。でも、どれもしっくりきません。サイモンは、心がしずみました。もし、ここでぴったりの花が見つからなかったら、ほかにどこに行けばいいんだろう？

次《つぎ》の列《れつ》に行こうと角をまわりこんだそのとき、列《れつ》のいちばん奥《おく》にある苗《なえ》が、ぱっと目にとびこんできました。

その苗《なえ》は、「こっちだよ！」とサイモンをよんでいるかのようでした。どこからどう見ても、ブルーにぴったりです。青い小さな花が、いくつもかたまって咲《さ》いていて、濃《こ》い緑《みどり》の葉《は》の上にふわふわとうかぶ雲みたいに見えます。サイモンは腰《こし》をかがめ、こんにちは、と心の中であいさつしながら、葉《は》っぱをなでました。

それから、ついていた札《ふだ》をうらがえし、花の名前を読みました。

「セアノサス　ブルークラウド（ブルークラウドは、「青い雲」という意味）」

うん、これだ！

毛がふわふわのブルーには、青い雲みたいな花がぴったり。

　サイモンはお母さんをさがしに行きました。お母さんは、はではでしいマリーゴールドの花を見ていました。サイモンは声をかけました。

「見つけたよ！　ヘーゼルさんが、きっとほしがるもの」

「お母さんも、ちょっとした寄《よ》せ植《う》えはどうかしら、って、今……」

「だめ、あっちのがいい。きっとよろこぶ！」

　サイモンはお母さんの手をひっぱって、青い花の前へつれていきました。お母さんは、さっきのマリーゴールドのほうをちらちらふりかえっていましたが、しまいにはあきらめて、財《さい》布《ふ》を取《と》りだしました。
サイモンは〈セアノサス　ブルークラウド〉の鉢植《はちう》えを、店内のレジへと運《はこ》びました。

6　ブルーのねがい

次《つぎ》の日、サイモンは、お母さんとお父さんといっしょに、ヘーゼルさんの家をたずねました。〈セアノサス　ブルークラウド〉を早く植《う》えてもらいたくて、そわそわしっぱなしでした。

庭《にわ》のテーブルの上には、おいしそうなものが、どっさりのっていました。バースデーケーキは、ヘーゼルさんの夫《おっと》のビルさんが買ってきたもので、ロウソクも立ててあります。いつものサイモンなら、ごちそうを見ただけで、おなかがグーグー鳴っていたでしょう。でも今日は、ごちそうはあとまわし。ブルーの花を植《う》

えるのが先です。

だけどヘーゼルさんは、わらっていいました。

「もう植《う》えてほしいの？　まだ、どこにするか、きめてないんだけど」

「ぼくが手伝《てつだ》うから」サイモンはいいました。そして、庭《にわ》の中央《ちゅうおう》にある花壇《かだん》のところまでヘーゼルさんをひっぱっていくと、指《ゆび》をさしました。

「ほら、そこ。ちょうど、シャーロットと、グローリアのあいだ。ブルーはきっと大きくなるから、広くあいてるとこがいいと思う」

ヘーゼルさんは、サイモンをまじまじと見ました。「ブルー、っていった？」

「そうだよ。わかるでしょ？」サイモンは、ヘーゼルさんの目を、じっとのぞきこみました。お母さんやお父さんにはなにもいわないでね、ぜったいわかってもらえないから、とうったえるように……。

ヘーゼルさんは、ふしぎそうな目つきで、サイモンを見つめていました。それからうなずいて、園芸用土《えんげいようど》のふくろとシャベルを持《も》ってきました。

サイモンも、ほるのを手伝《てつだ》いました。土はかわいてかたくなっていましたが、じゅうぶん大きな穴《あな》ができると、ヘーゼルさんは、〈セアノサス　ブルークラウド〉の苗《なえ》の、土がついた根《ね》っこを、じょうずにととのえて入れました。まるで、子どもをベッドに寝《ね》かしつけるみたいな、やさしい手つきでした。

植《う》えつけがすむと、庭《にわ》の新入りの花は落《お》ちついたようすになりました。育《そだ》つためのスペースはじゅうぶんあいていますが、先輩《せんぱい》の大きなおとなりさんたちにはさまれているので、安心《あんしん》しているようにも見えます。

「そろそろお茶をいただいても？」サイモンのお父さんが、アイシングのかかったケーキを食べたそうに見て、いいました。「サイモンが園芸好《えんげいず》きとは、知らなかったな。そうだ、うちのジャングルも好《す》きなだけいじってくれていいぞ。だいぶ手入れが必要《ひつよう》だからな。雑草《ざっそう》をぬいて、草を刈《か》って、枝《えだ》も切ってととのえて……」

「ううん、いい。ぼくは、この苗《なえ》が好《す》きなだけだから」サイモンは、あわてていいました。

これで自分にできることは、せいいっぱいやったつもりです。あとは、うまくいくかどうかが、気になってしかたがありません。

ヘーゼルさんがロウソクの火を吹《ふ》きけして、ケーキが切り分けられ、ほとんどがみんなのおなかにおさまると、サイモンは両親《りょうしん》と家に帰りました。

日がくれはじめたころ、サイモンは自分の部屋《へや》に上がり、窓《まど》からとなりの庭《にわ》を

見ました。
変《か》わったようすは、ありません。庭《にわ》には、テーブルといすが出されたままになっていました。ヘーゼルさんのシャベルと、園芸用土《えんげいようど》のふくろも、中央《ちゅうおう》の花壇《かだん》のそばに置《お》きっぱなしです。

おばあさんのすがたは見えません。

ブルーもです。

サイモンは、窓《まど》ガラスに口をくっつけるようにして、ささやきました。

「ねえ、おいでよ、ブルー！　ぼく、すごくがんばったんだから。たのむよ……」

ヒイラギの木のかげがゆらゆら動《うご》きだして、ふわふわの毛のねこの形になり、塀《へい》の上を歩きだすのを、サイモンは今か今かと待《ま》ちました。でも、いっこうにその気配《けはい》はありません。

それからやっと、かすかな声が聞こえてきました。

「シャーロット、ついてらっしゃい！　ウィリアムもいい子ね。グローリア、どこへ行ってたの？」

サイモンは、せいいっぱい首をのばして、となりをのぞきました。いました！

ヘーゼルさんのお母さんです。ロングスカートにだぶだぶのカーディガンを着《き》て、裏口《うらぐち》のテラスから、夕やみのせまる庭《にわ》へと出てきました。うす明かりの中、かげのようなねこがたくさんあらわれ、芝生《しばふ》にとびおりたり、おばあさんにかけよったり、しっぽを立ててからみついたりするのも見えます。

おばあさんは、庭《にわ》の中央《ちゅうおう》の花壇《かだん》までいったところで、〈セアノサス　ブルークラウド〉に目をとめ、ぴたりと足を止めました。それから、本物《ほんもの》かどうかたしかめるように、花にそっと手をのばしました。

サイモンは、息《いき》をこらして見守《みまも》ります。

ヒイラギのしげみの暗《くら》がりがゆらぎ、ねこの形をしたかげが、しゅるっととびだしました。

ブルーです。

ブルーは腰《こし》を落《お》として、少しのあいだじっとしていたあと、ふさふさのしっぽをぴんと立て、塀《へい》の上を歩きだしました。

「ブルー！　ブルー！　おりていらっしゃい！」おばあさんがよびます。これまでとちがって、期待《きたい》しているような声でした。

ブルーはためらっていましたが、ミャアと鳴きそうな形に、静《しず》かに口をひらいたあと、庭《にわ》にとびおりて、ほかのねこたちのあいだに入っていきました。

ヘーゼルさんのお母さんは、腰《こし》をかがめてブルーをなでました。

ブルーはうれしそうにぴょんととび、おばあさんの肩《かた》の上に軽《かろ》やかにのると、うしろからおばあさんの首にまきつきました。

ほんの一瞬《いっしゅん》、おばあさんがこちらの窓《まど》にむかって顔を上げ、サイモンを見つめ、にっこりした気がしました。サイモンはお返《かえ》しに手をふりました。

ねこたちがうれしそうにのどをゴロゴロ鳴らす音が、となりの庭《にわ》いっぱいに広がりました。

でも、ふと、まばたきをしたとたん、ねこもおばあさんも、消《き》えてしまいました。

庭《にわ》は、しんと静《しず》まりかえっています。

のぼりかけの月が、ふわふわの雲みたいな花を、ほんのりとてらしているばかりでした。

日本の読者《どくしゃ》のみなさんへ

この物語《ものがたり》が生まれるきっかけになったのは、ジョーというねこです。私《わたし》は長年にわたって、いろいろなねこと暮《く》らしてきました。ジョーは、わが家にむかえた最初《さいしょ》のねこでした。

ご近所《きんじょ》さんの庭《にわ》で保護《ほご》されたとき、ジョーはがりがりにやせ細っていました。ご近所《きんじょ》さんがあちこちきいてまわりましたが、だれのねこでもなさそうでした。その方自身《じしん》は、ねこを一ぴき飼《か》っていました。もう一ぴきはいらない、とのことでしたので、私《わたし》がひきとることになりました。

たぶん、のらねことして生きてきたのでしょう。ジョーは、片耳《かたみみ》が一部《いちぶ》欠《か》けていて、鼻《はな》にはひっかき傷《きず》がのこっていました。体はかわいそうなほどがりがりで、頭の大きさに見合っていませんでした。はじめ、私《わたし》たちが近づいたとき、ジョーはおびえて、シャーッと声をあげました。

でも、うちに来るなり、ここは安全《あんぜん》だとわかったようでした。がつがつ食べ、体じゅうをなめて身繕《みづくろ》いし、いすの上に落《お》ちついてゴロゴロとのどを鳴らしました。

日がたつうちに、体の毛の白いところは雪のように真《ま》っ白《しろ》になりました。体《たい》重《じゅう》も増《ふ》えて、目は生き生きとかがやき、かつてのあわれなのらねこの面影《おもかげ》はどこへやら、見ちがえるほどりっぱなオスねこになりました。

ジョーほどありがとうの気持《きも》ちを態度《たいど》にあらわしてくれたねこは、そういませんね。うちに来たとき何歳《なんさい》だったのかはわかりませんが、それから何年も元気でいました。

ジョーがこの世《よ》を旅立《たびだ》ったあと、私《わたし》は、ジョーを思いだすような草花を庭《にわ》に植《う》えたいと思いました。

そして、〈カナリーバード〉という早咲《はやざ》きのバラを選《えら》びました。その淡《あわ》い黄色の花を見ると、ジョーの緑《みどり》がかった黄色の瞳《ひとみ》を思い出すからです。

この出来事《できごと》をもとに、『煙《けむり》のように消《き》えるねこ』は生まれました。

リンダ・ニューベリー

訳者《やくしゃ》あとがき

生きものをペットとして飼《か》ったことはありますか？　たとえばカブトムシや金魚、かめ、ハムスター、インコ、うさぎ、いぬ、ねこ……かかわりあいかたや、いっしょに過《す》ごす時間の長さ、感《かん》じるつながりの強さは人それぞれでしょうし、生きものによってもちがうかもしれません。でも、どんなに大切にしていても、いつかかならず訪《おとず》れるのが、お別《わか》れのときです。

大好《だいす》きなペットをなくしたショックからなかなか立ち直れないことを「ペットロス」といいます。悲《かな》しくて、つらくて、心の底《そこ》から笑《わら》えなくなったり、思い出すと涙《なみだ》が出たり、ぐっすり眠《ねむ》れなくなったりします。今さらなのに、もっとああしてあげればよかった、こうしたほうがよかったと、後悔《こうかい》が止まりません。最後《さいご》まで面倒《めんどう》を見る責任《せきにん》をまっとうできたのですから、ほっとしてもふしぎではないのに、わけもなく罪悪感《ざいあくかん》を覚《おぼ》えることだってあります。たかがペットのことでおおげさな、と思う方もいるかもしれませんが、当人にとっては、心から愛《あい》する家《か》族《ぞく》の一員《いちいん》をなくしたのといっしょなのです。そんな心の痛《いた》みをいやすには、どうしたらいいでしょう？

作者《さくしゃ》あとがきにもありますように、リンダ・ニューベリーさんは、ご自分ではじめて飼《か》ったねこをなくしたあと、庭《にわ》に黄色いバラを植《う》えました。その花を見て、大好《だいす》きなねこのことを思い出せるようにです。そのエピソードが、物語《ものがたり》にも生かされています。

ほんとうに偶然《ぐうぜん》なのですが、この本を訳《やく》しはじめた一昨年《いっさくねん》、私《わたし》も二十一年以《い》上《じょう》ともに暮《く》らした最愛《さいあい》のねこを見送《みおく》り、ペットロスという言葉《ことば》でかたづけるのもつらいほど、落《お》ちこみました。でも、この物語《ものがたり》のエピソードにならって、イメージがぴったり合う花の種《たね》をまき、翌春《よくしゅん》、いくつも花開《はなひら》いたときには、愛猫《あいびょう》があいさつしに来てくれたような、うれしい気持《きも》ちになりました。この本をみなさまにお届《とど》けできる春に、また咲《さ》いてくれるのを楽しみにしています。

『おもちゃ屋《や》のねこ』（徳間《とくま》書店）につづき、ねこの物語《ものがたり》の第《だい》二弾《だん》となるこの本の作者《さくしゃ》、リンダ・ニューベリーさんは、英国《えいこく》の作家です。子どものころから作家になることを夢見《ゆめみ》て、ノートにたくさんの物語《ものがたり》を書きつづっていたといいます。国語の教師《きょうし》になってのち、一九八八年に『Run with the Hare（未訳《みやく》）』という本を出版《しゅっぱん》し、作家としての道を歩み始《はじ》めます。二〇〇六年には『Set in Stone（未《み》訳《やく》)』という作品《さくひん》で英国文学《えいこく》の大きな賞《しょう》のひとつ、コスタ賞《しょう》(児童書部門《じどうしょぶもん》)を受《じゅ》賞《しょう》しています。ほかの作品《さくひん》でも、カーネギー賞《しょう》やガーディアン賞《しょう》などの候補《こうほ》にあがっています。さまざまな年齢《ねんれい》の読者《どくしゃ》を対象《たいしょう》に、英国《えいこく》ではこれまでに五十冊《さつ》以上《いじょう》の本を出しています。二〇二一年には、主《おも》に子ども向《む》けに、動物愛護《どうぶつあいご》の観点《かんてん》から生きる手立てを教えるノンフィクション書『This Book is Cruelty Free : Animals and Us(未訳《みやく》)』を出しました。二十代《だい》から菜食主義者《さいしょくしゅぎしゃ》になり、のちに肉だけでなく、卵《たまご》やハチミツなど、動物由来《どうぶつゆらい》のものもいっさい口にしないヴィーガンになったという作者《さくしゃ》の文章《ぶんしょう》からは、動物《どうぶつ》や自然《しぜん》にやさしくありたいという気持《きも》ちがあふれているように思います。

『おもちゃ屋《や》のねこ』につづき、ねこへの思いをいっしょに本に注《そそ》いでくださった編集《へんしゅう》の高尾健士《たかおけんと》さんに御礼申《おれいもう》し上《あ》げます。

となりのおばあさんとふしぎなねこのなぞときにいどむ男の子、サイモンの活《かっ》躍《やく》を、丹地陽子《たんじようこ》さんのうっとりするほど美《うつく》しい、ねこへの愛がじんわりと伝わってくるさし絵とともに、どうぞお楽しみください。

田中　薫子《かおるこ》

二〇二五年一月

【訳者】
田中薫子（たなかかおるこ）

慶應義塾大学理工学部物理学科卒業。訳書に、『おもちゃ屋のねこ』、「バンダビーカー家は五人きょうだい」シリーズ、『大魔法使いクレストマンシー　クリストファーの魔法の旅』『同　魔女と暮らせば』『同　魔法の館にやとわれて』『同　キャットと魔法の卵』『賢女ひきいる魔法の旅は』『時の町の伝説』『花の魔法、白のドラゴン』『アーヤと魔女』（以上、徳間書店）などがある。

【画家】
丹地陽子（たんじようこ）

東京藝術大学美術学部卒。イラストレーター。書籍・雑誌・広告などで活躍中。児童書の装画・挿絵の仕事に『つくしちゃんとおねえちゃん』『つくしちゃんとながれぼし』（ともに福音館書店）、「マジックアウト」シリーズ（フレーベル館）など多数。作品集に、『丹地陽子作品集』（パイ　インターナショナル）がある。

【煙《けむり》のように消《き》えるねこ】
SMOKE CAT
リンダ・ニューベリー作
田中薫子訳 Translation © 2025 Kaoruko Tanaka
丹地陽子絵 Illustrations © 2025 Yoko Tanji
80p、22cm、NDC933

煙のように消えるねこ
2025年3月31日　初版発行

訳者：田中薫子
画家：丹地陽子
装丁：百足屋ユウコ（ムシカゴグラフィクス　こどもの本デザイン室）
フォーマット：前田浩志・横濱順美

発行人：小宮英行
発行所：株式会社 徳間書店
〒141-8202　東京都品川区上大崎3-1-1　目黒セントラルスクエア
Tel.(03)5403-4347(児童書編集)　(049)293-5521(販売)　振替00140-0-44392番
印刷：日経印刷株式会社
製本：大口製本印刷株式会社
Published by TOKUMA SHOTEN PUBLISHING CO., LTD., Tokyo, Japan.　Printed in Japan.

徳間書店の子どもの本のホームページ　https://www.tokuma.jp/kodomonohon/

ISBN978-4-19-865974-5

とびらのむこうに別世界《べつせかい》
徳間書店の児童書

【ハヤクさん一家と かしこいねこ】 マイケル・ローゼン 作 トニー・ロス 絵 ないとうふみこ 訳

ハヤクさん一家のお父さんとお母さんはいつも、早く早くと、あわてています。今朝はねぼうして、とくべつ大あわて。そのようすを見ていた飼いねこのトラーは…？　かしこいねこのゆかいなお話。

小学校低・中学年～

【コクルおばあさんとねこ】 フィリパ・ピアス 作 アントニー・メイトランド 絵 前田三恵子 訳

コクルおばあさんは、ロンドンの町のふうせん売り。黒ねこのピーターをかわいがっています。ある日おばあさんがふうせんにひっぱられて空にまいあがり…？　物語の名手ピアスの楽しい幼年童話。

小学校低・中学年～

【オンボロやしきの人形たち】 フランシス・ホジソン・バーネット 作 尾﨑愛子 訳 平澤朋子 絵

ぼろぼろの人形の家だけど、明るく幸せにくらしていた人形たち。ところが、ピカピカの人形の家と、立派な人形たちがやってきて…？『秘密の花園』のバーネットの知られざる名作、初の翻訳！

小学校低・中学年～

【ウィリアムの子ねこ】 マージョリー・フラック 作・絵 まさきるりこ 訳

ウィリアムが、まいごの子ねこを警察署へとどけでると、自分が飼い主だという人が三人もあらわれて…？　町の人たちをしあわせにした子ねこと男の子の、心あたたまる物語。

小学校低・中学年～

【熊とにんげん】 ライナー・チムニク 作・絵 上田真而子 訳

いなか道を村から村へ、芸を見せながら、旅してまわる男がいた。踊る熊をつれていたので、人びとは「熊おじさん」とよんだ…。一生を旅に生きた男と、無二の親友だった熊の、心に響く物語。

小学校低・中学年～

【図書館にいたユニコーン】 マイケル・モーパーゴ 作 ゲーリー・ブライズ 絵 おびかゆうこ 訳

本がきらいなトマスは、お母さんに連れて行かれた図書館で、すばらしい司書と、木でできたユニコーンに出会う…。戦火から本を守りぬいた人々の姿を、幻想的なユニコーンとともに描いた感動作。

小学校低・中学年～

【ふしぎなメリーゴーラウンド】 リーザ＝マリー・ブルーム 作 はたさわゆうこ 訳 こやまこいこ 絵

おじいさんのメリーゴーラウンドには、本物のように色をぬった木彫りの動物がついています。動物たちは、夜になると、おしゃべりしています。ところがある日…。心あたたまるドイツの児童文学。

小学校低・中学年～

リンダ・ニューベリーのふしぎなねこの本

『おもちゃ屋のねこ』

田中薫子 訳 くらはしれい 絵

ある日、ハティが大おじさんのおもちゃ屋に行くと、緑色の目をした、かしこそうなねこがいました。その日から、大おじさんのお店では、ふしぎな出来事が起きるようになって……？　ねこと、小さな木箱をめぐって、女の子と大おじさんとそのまわりの人びとがおりなす、心あたたまる物語。